MEMOIRE
SIGNIFIÉ,

POUR *Marguerite Justinon*, Veuve de *François* B̲E̲G̲U̲I̲N̲, employé dans les Fermes du Roi. Tournelle ; jour indiqué au Samedi quatre Août.

Jean-Baptiste Gonthier, Menuisier, & *Marguerite Elizabeth* B̲E̲G̲U̲I̲N̲, sa femme.

François Ducreux, employé dans les Fermes du Roi, & *Françoise Genevieve* B̲E̲G̲U̲I̲N̲, sa femme.

Tous Intimés & Accusateurs.

E̲T̲ P̲O̲U̲R̲ *Michel Nicolas* B̲E̲G̲U̲I̲N̲, Directeur des Postes aux Lettres de Montmireil, Intervenant.

A

CONTRE Me Guillaume Labory, *Prêtre habitué à Brie-Comte-Robert.*

Magdeleine Briquet, *fille Couturiere.*

Marguerite Curot, *femme de* Claude Merlin, *Cavalier de Maréchauſſée*, elle Meſureuſe *au Marché de Brie.*

Et Me Antoine François Tourton, *Avocat en Parlement, Intervenant.*

Tous Appellans & Accuſés.

UN Citoyen vertueux, un Chrétien, dont la vie toute entiere, paſſée dans l'exercice continuel, dans la pratique la plus exacte & la plus auſtere de tous les devoirs de la Religion, a ſervi de modele, d'édification & d'exemple à toute ſa Ville, outragé à l'inſtant de ſa mort par un refus public, du Sacrement même de l'Extrême-Onction, pourſuivi, perſécuté encore après ſa mort, outragé de nouveau juſques dans ſa mémoire, par de zelés partiſans, par de coupables défenſeurs d'un Paſteur injuſte, & plus coupable encore. Tel eſt le ſpectacle affligeant qui vient s'offrir aux Magiſtrats.

Une famille en pleurs, dont les ſollicitations réitérées n'avoient pu vaincre la réſiſtance opiniâtre de ce Paſteur inflexible, étoit venu ſe jetter aux pieds de la Juſtice, pour y dépoſer ſes plaintes, &

demander vengeance d'un affront auffi peu mérité.
L'honneur, l'amitié, le devoir, la propre réputa-
tion même de tous fes parens, compromife & liée
à celle d'un parent qu'ils chériffoient, tous ces fentimens avoient guidé leur démarche : leur cœur
avoit dicté la dénonciation.

Ils attendoient en filence la jufte réparation qui
leur étoit dûe, ils s'en repofoient fur la vigilance
& fur l'exactitude de leur Juge à maintenir le bon
ordre ; déja tous leurs concitoyens, témoins
de la conduite & de la vie de *Philbert Beguin*, prenoient hautement fa défenfe ; ils fe ré-
crioient tous fur l'injuftice d'un pareil refus ; lorfqu'il s'éleve du milieu d'entr'eux, un de ces concitoyens qui, partageant quelquefois les fonctions de
Juge, avoit d'ailleurs un titre qui peut donner em-
pire fur les efprits : mais ce titre vain, fans l'exercice, n'apprend pas fans doute les devoirs qu'il
impofe ; autrement il eut été convaincu que fon mi-
niftere, tout honorable, ne doit s'employer que
pour la défenfe de la vérité, & pour le foutien des
Loix, principalement de celles qui intéreffent la
tranquillité publique.

Cet homme imprudent (qui porte le titre d'A-
vocat, fans en exercer la profeffion) non content,
à ce qu'il paroît, d'approuver un acte de fchifme
auffi repréhenfible, pouffe la complaifance aveugle
jufqu'à fe déclarer le folliciteur du coupable. Une
fauffe amitié le conduit, difons plutôt, un zele dé-
placé l'entraîne ; il n'envifage ni les fuites, ni les

conféquences de la démarche qu'il va faire ; il ne voit que le péril de l'offenfeur, fans fonger même qu'il eft des offenfés qu'il faut venger.

Excité par le neveu (& le complice peut-être) de fon ami, preffé par cet ami lui-même, qui agit encore du fonds de fa retraite, il fe laiffe aller à leurs inftances, & s'unit avec eux : il confent à devenir le principal agent de leur entreprife. Le projet formé, on rifque tout pour en venir à fon but : on attaque tout à la fois *& la raifon & la religion* d'un homme *qu'on convient n'avoir connu qu'à peine* *, & qu'on a mal connu. Ces imputations odieufes, on ofe les placer dans la bouche des principaux Notables de la ville, dont on furprend la fignature, & qu'on met dans la néceffité de la défavouer après. On en impofe à la Juftice même, au premier Tribunal, qui eft fon fanctuaire le plus augufte. C'eft un libelle diffamatoire, fous le nom d'un prétendu placet, qui, dans le fecret de la follicitation, marche vers les premiers Magiftrats du Royaume, pour les prévenir en faveur d'un fchifmatique, en terniffant à leurs yeux la mémoire d'un fidele Catholique, d'un homme qui n'emporte avec lui au tombeau, d'autre tache, que celle dont on l'a injuftement flétri. Telle eft l'efquiffe du tableau que cette caufe préfente à la Juftice.

* Voyez leur interrogatoire.

FAITS ET PROCEDURES.

Philbert *Béguin*, d'abord Tailleur, & depuis Mar=

chand Limonadier à Brie-Comte-Robert, étoit issu
de parens honnêtes, & généralement estimés. Son
pere, employé dans les Aydes, avoit su allier
(exemple très rare) l'amitié de ses compatriotes,
par sa douceur & son humanité, avec la satisfaction
de ses Supérieurs, par son exactitude.

Dès sa plus tendre enfance, Philbert Beguin fit
paroître un goût décidé pour la piété, & un desir
violent de s'instruire des vérités de la Religion.
Sans avoir jamais fait d'études, il étoit né avec beaucoup d'intelligence & de bon sens naturel : il suivoit
avidement les Instructions publiques & particulie-
res du Curé qui étoit pour lors à Brie, & ne cher-
choit qu'à s'en remplir. Lorsque le travail de sa
profession le laissoit libre, la lecture des bons livres
faisoit son unique délassement, il en demandoit à
tous ceux qui étoient à portée de lui en procurer.

C'est dans ces excellentes sources qu'il avoit
puisé le plan de conduite qu'il a observé toute sa
vie : une probité à toute épreuve, délicate même
jusqu'au scrupule ; des mœurs toujours pures & ir-
réprochables ; une assiduité exacte à tous les Offi-
ces de l'Eglise & à la participation des Sacremens,
avec le recueillement du vrai Chrétien ; une vie fru-
gale & simple, qui lui faisoit trouver encore du su-
perflu pour les pauvres, malgré la médiocrité de sa
fortune ; en un mot, une conduite édifiante & suivie, prolongée jusques dans un âge assez avancé ;
toutes ces vertus lui avoient acquis la considéra-
tion (on ose dire même) la vénération univer-

selle, & le rendoient digne, plus qu'aucun autre, de recevoir à sa mort les derniers secours spirituels.

Cependant étant tombé malade au mois de Juillet de l'année derniere, & sa maladie étant devenue sérieuse en très peu de tems, on envoya à l'Eglise pour demander les Sacremens. Comme on tardoit trop, & que la maladie augmentoit, une des sœurs de Beguin alla elle-même, au nom de toute la famille, prier le sieur Lievin, Curé de la Paroisse, de venir promptement les lui administrer, en lui représentant que son frere étoit en danger, & qu'il n'y avoit point de tems à perdre.

Le Curé, au lieu de se mettre en devoir de les porter, répondit: qu'il falloit auparavant qu'il rendît une visite au malade, pour s'assurer de ses sentimens; & dans le fait, il s'y transporta, avec ses habits ordinaires, & une canne à la main.

Le Curé, arrivé à la maison, voulut faire à Beguin plusieurs questions indiscrettes, auxquelles il ne répondit (autant que son état pouvoit le lui permettre) que par une profession de foi simple, & par une résignation entiere.

Pendant tous ces délais, la mort approchoit: déja la tête du malade commençoit à foiblir & à s'embarasser: il n'étoit plus guere possible de lui conférer le Sacrement de l'Eucharistie; mais il restoit encore celui de l'Extrème-Onction. La femme, la mere, les freres & sœurs de Beguin, avec plusieurs de ses amis qui étoient présens, conjurerent, les larmes aux yeux, le sieur Lievin d'aller au plutôt chercher les Saintes Huiles, en lui observant que l'état actuel du malade ne paroissoit plus lui laisser que quelques instans à vivre. Le Curé, pour toute réponse à tant d'instances, ajouta : *que sa conscience ne le lui permettoit pas, attendu que sur certaines questions qu'il avoit faites à* BEGUIN, *quelques jours avant, il lui avoit répondu comme* UN PAYEN *& comme* UN HERETIQUE. Enfin il refusa perséveramment, jusqu'au moment où le malade mourut, sans recevoir aucun Sacrement. Ainsi fut consommé le projet formé, depuis long-tems, de les lui refuser à la mort.

L'indécence de ce refus, le scandale & l'effet qu'il produisit dans la ville, obligerent la veuve & les autres parens du défunt d'en rendre plainte au Lieutenant Général du Baillage de Brie, avec dénonciation au Ministere public. Cette plainte a été suivie d'informations, & d'un Décret de prise de corps ; & attendu la disparution du sieur Lievin, la contumace a été instruite contre lui, & par Sentence du 11 Octobre dernier, rendue sur les Conclusions du Substitut de M. le Procureur Général. Il *a été banni a perpétuité hors du Royaume, sa Cure & autres Bénéfices, si aucuns il avoit, ont été déclarés vacans & impétrables, & ses biens acquis & confisqués au profit du Roi.*

Pendant l'instruction de ce Procès, quelques jours après l'évasion du sieur Lievin, celui-ci du fonds de sa retraite, & le sieur Abbé Labory son neveu, qui, sans y paroître, avoit eu (comme on le

verra) beaucoup de part au refus de Sacremens fait
à Beguin, imaginerent (pour tenter fans doute
auprès de la Cour un Arrêt de défenfes contre le
Décret) de faire figner par un grand nombre d'habitans, des Mémoires en forme de Placets, pour
être enfuite envoyés aux premiers Magiftrats.

Mais ces Mémoires, compofés par eux, & adref-
fés de leur part, n'euffent pas eu tout le fuccès qu'ils
ofoient s'en promettre ; d'ailleurs il falloit y dégui-
fer les faits, imputer à Beguin des torts pour le rendre défavorable, combler d'éloges le fieur Lievin,
& lui prêter des motifs pour le rendre excufable ;
autrement la févérité de la Cour, connue en matiere
d'ordre & de tranquillité publique, leur eut ôté
tout efpoir de réuffir ; toute cette opération ne pouvoit fe faire par eux, ce langage eut paru fufpect
dans leur bouche. Il falloit donc, felon eux, faire
parler le corps entier des habitans ; il falloit trouver
un rédacteur adroit, qui voulût bien fe prêter aux
circonftances, qui eût la complaifance de confen-
tir à flétrir un innocent, pour effayer de fauver un
coupable. Il falloit de plus qu'il eût une efpece
d'autorité dans la ville, pour obtenir facilement des
fignatures. Me Tourton fut choifi pour ce noble
emploi.

Me Tourton, qui a le titre d'Avocat, eft retiré
depuis plufieurs années dans la ville de Brie, avec
fa famille. Les lumieres qu'on devoit lui fuppofer,
comme gradué, avoient déterminé quelquefois le
Lieutenant Général de Brie, qui fe trouve feul dans

son Siege, à l'associer à ses fonctions, dans les affaires difficiles qui s'étoient rencontrées; il devoit s'attendre même à être invité de l'assister, dans le procès criminel qui s'instruisoit contre le sieur Lievin,
s'il n'eut préféré par choix, à la qualité de Juge,
celle de Solliciteur, & ensuite d'Accusé. Me Tourton, il est vrai, étoit l'ami & la seule société du
sieur Lievin dans la ville, mais son amitié devoit
s'employer pour empêcher son ami de commettre
un acte de schisme aussi révoltant, & non pour le
soutenir aux dépens de la vérité, après qu'il l'avoit
commis.

Quoi qu'il en soit, Me Tourton dressa d'abord
de premiers Placets, dans lesquels les qualifica-
tions n'étoient pas épargnées. On y prodiguoit à
Beguin les noms D'INSENSE' & de PRE'DICANT, *qui*
alloit de maison en maison prêcher & enseigner une Mo-
rale contraire à celle du sieur Lievin. * Les termes en
furent trouvés si forts, que d'après le conseil même
d'un Curé des environs, Me Tourton se détermina
à les supprimer; mais il en dressa de nouveaux, où
les correctifs sont bien foibles, & qui, (aux expressions près qui sont changées,) signifient exactement
la même chose. On y accuse Beguin d'être connu
de tout le monde depuis longtems, *pour une espèce d'in-*
sensé sur le fait des matieres du tems, ENDOCTRINANT qui-
conque avoit la patience de l'écouter, & ayant rompu
cent fois le silence ordonné par Sa Majesté sur ces sortes
de matieres. Pour rendre le contraste plus frappant,
on y multiplie au contraire les éloges du sieur Lievin.

* Ce fait
doit être
consigné
dans les in-
formations
il est d'ail-
leurs notoi-
re dans tou-
te la ville de
Brie.

B

On ose préſenter ces Placets ſous le nom des *Eche-vins, Bourgeois & Habitants de la v.lle de Brie-Comte-Robert, & lieux circonvoiſins*, & on leur fait dire, *qu'ils ſont dans la conſternation de ſe voir à la veille de perdre un Paſteur d'une Doctrine auſſi pure* * *d'une con-duite auſſi réguliere, irreprochable dans ſes mœurs, in-fatigable dans les fonctions les plus pénibles de ſon mi-niſtere, en un mot le pere des pauvres, & cela pour n'avoir pas donné l'Extrême-Onction, &c....* tandis que ces mêmes Habitants n'ont pas eu la moindre part à la fabrication de ce Placet, & que la plus grande par-tie d'entr'eux ne l'ont ſigné que par ſurpriſe, par inattention, ou par condeſcendance pour ceux qui les leur préſentoient. Ainſi pour excuſer un acte de ſchiſme inexcuſable, on trompoit également, d'un côté un corps entier de Paroiſſiens qu'on faiſoit parler, & de l'autre des Magiſtrats reſpectables auxquels on s'adreſſoit : que ne peut l'imprudence, lorſque l'eſprit de parti la conduit !

Les Placets dreſſés, Me Tourton, & l'Abbé La-bory, allerent de porte en porte pour engager à les ſigner; ils s'aſſocierent pour partager la peine, la femme *Merlin*, Meſureuſe au Marché, & la fille *Briquet*, Couturiere (ces deux dernieres péniten-tes & affidées du ſieur Lievin ou de ſon neveu, n'étoient que des inſtrumens qu'on faiſoit mouvoir; elles paroiſſent même avoir ignoré ce que conte-noient les Placets. *) Les Colporteurs s'annon-çoient par tout, comme n'ayant d'autre objet que de rendre ſervice au Curé, & d'obtenir ſa

* Le refus des Sacre-mens indi-que ſa doc-triine.

* Voyez leur inter-rogatoire.

grace, fans parler des détours qu'on employoit pour
y parvenir. La confiance qu'on avoit eue juſqu'alors
en Me Tourton, faiſoit préſumer qu'on ne ſeroit
point trompé. Pluſieurs ſignerent donc aveuglé-
ment, mais ceux qui firent plus de réfléxion ſur
les conſéquences, refuſerent abſolument de ſigner :
quatre des principaux notables, qu'on avoit preſſé
de le faire, & qui l'avoient fait ſans attention, lorſ-
qu'ils furent les imputations qu'ils contenoient contre
la mémoire de Beguin, indignés de la ſurpriſe qu'on
leur avoit faite, ſe haterent de les defavouer, & de
ſe déſiſter de leur ſignature, par Acte paſſé devant
Notaire, qu'ils firent enſuite ſignifier à la veuve Beguin. (L'un de ces derniers qui demeure à une demie lieue de Brie, dans ſa Terre, eſt également
diſtingué par ſa naiſſance, & par toutes les vertus). *

*Les placets ne produiſirent point l'effet qu'on
en avoit attendu : le procès a continué de s'inſtruire
contre le ſieur Lievin, juſqu'au jugement définitif
qui l'a *banni*. Me Tourton annonce lui-même dans
ſa requête du 25 Janvier dernier, *qu'il ſavoit d'a-
vance qu'ils ne ſerviroient à rien*. Les héritiers Beguin
pourroient lui demander avec raiſon, pourquoi
donc il les avoit faits, & quels étoient ſon objet
& ſon but ?

Mais ſi les Placets n'ont rien pû opérer en faveur
du ſieur Lievin, auprès des Magiſtrats, qui vrai-
ſemblablement ſe ſont fait rendre compte des faits ;
ils ont produit dans la ville un effet bien dange-

* Mr de Lyonne Comte de Servon.

reux. Depuis ce moment la fermentation s'eſt gliſ-
ſée dans les eſprits ; la diviſion y regne encore à
préſent, & établit dans une même ville, pour ainſi
dire, deux peuples différens.

Le refus des Sacremens avoit d'abord indigné
toute la ville entiere, mais dès que les Partiſans du
Curé apprennent qu'on veut l'en punir, la com-
miſération pour lui, ſuccede à celle que l'on avoit
eue pour Beguin, L'aſpect des Placets colportés par
toute la ville, avec une ſorte d'oſtentation, échauffe
les eſprits ; les imputations calomnieuſes faites à la
mémoire de Beguin, leur paroiſſent à l'inſtant un
motif ſuffiſant pour excuſer le Curé ; déja on répute
décidément Beguin, *pour un Hérétique mort hors du
ſein de l'Egliſe* : la famille qui a oſé prendre ſa dé-
fenſe, & dénoncer le refus, on la regarde comme
une famille de proſcrits ; & le Juge lui-même qui en
a informé, eſt décidé l'ennemi du Curé, parcequ'il
ſuit trop exactement ſon devoir. Tel eſt, dans la
plus grande vérité, le malheureux effet qu'ont pro-
duits les Placets. Que Me Tourton commence donc
à ſentir les conſéquences d'une démarche auſſi in-
conſidérée !

Bientôt la fermentation eſt venu gagner le peuple : (perſonne n'ignore qu'il ſaiſit plus avidement
qu'un autre de pareils bruits :) les héritiers Beguin
ne ſe trouvoient plus en ſureté dans la ville : ils
étoient journellement inſultés par la populace :
vingt fois la femme *Gonthier*, ſingulierement, s'eſt
entendu appeller en paſſant, RACE DE BEELZÉBUTH.

Ces faits, qui font conftans, ne font peut-être pas prouvés par l'information; l'Abbé Labory paroît même en être certain *; fans doute il a déja con-noiffance de ces informations, qui font cependant encore *pieces fecrettes*: mais s'ils ne font pas prouvés, ce n'eft que par l'impoffibilité d'en acquérir la preuve. Ces propos fe tenoient en plein Marché, ou dans les Places publiques; comme ils étoient généraux, il étoit abfolument impoffible d'en dé-couvrir les auteurs. Au refte, il ne faut que connoî-tre le peuple, & fur-tout les gens de Ports, ou de Marchés, pour être convaincu de ce qu'ils peuvent faire en pareil cas.

Ces infultes réitérées ont obligé encore la fa-mille Beguin de rendre une nouvelle plainte au Bail-lage de Brie-Comte-Robert. Sur cette plainte, nou-velle information, dans laquelle vingt-neuf témoins ont été entendus, prefque tous notables, & même une partie de ceux qui ont figné les Placets. Il doit réfulter de leur dépofition, la preuve de tous les faits dont on vient de rendre compte. On obferve feulement que dans le nombre de ces vingt-neuf témoins, il y en a trois, dont l'un (*a*) étoit l'ami, & les deux autres (*b*) Marchands & Fourniffeurs du

* Pag. 6 de fon Mé-moire.

(*a*) Le fieur Jolivet eft Marchand de Chaux à Brie, & non Echevin : Il n'a jamais prêté ferment en cette qualité ; & fi il exerce, c'eft par un abus qui fera réformé. Il eft prefque le feul, de tous les Témoins, qui ait requis falaire, & fi les autres ne l'ont pas imité, ce n'eft pas qu'il ne les y ait engagés de tout fon pouvoir : ce qui prouve l'humeur contre la fa-mille Beguin.

(*b*) Le fieur Joliveau Marchand Epicier à Brie, n'eft Echevin que par commiffion. Il fourniffoit de marchandifes les fieurs Lievin ; & La-

fieur Lievin & de Me Tourton : ce qu'il y a
de conftant, c'eft qu'il en eft réfulté du moins la
preuve du fait, que Me *Tourton*, l'Abbé *Labory*,
& les femmes *Merlin* & *Briquet* étoient auteurs &
colporteurs des placets dont il s'agit, puifqu'ils ont
tous quatre été décretés d'affigné pour être ouis.

* pag. 4 L'Abbé *Labory* fe plaint dans fon Mémoire *, de
ce que les habitans qui ont figné les placets n'ont
point été impliqués dans la procédure ; c'eft que
fans doute il a réfulté des informations, la preuve
de ce que l'on a avancé ; que ces habitans avoient
été trompés les premiers, & qu'ils n'avoient figné
tous que par légereté, inattention, ou condefcen-
dance ; ainfi il n'étoit pas naturel de les punir de
leur trop de confiance.

En conféquence du décret, les quatre Accufés
ont fubi interrogatoire, dans lequel ils font conve-
nus, l'un d'avoir fabriqué, & les autres d'avoir col-
porté, diftribué, & fait figner les placets ; mais fur
les autres faits ils ont varié, & fe font démentis ;
finguliérement, fur le fait allegué aujourd'hui par
Me Tourton, que *ce font les Habitans de Brie qui font
venus le folliciter de dreffer ces placets.*

bory. Il s'eft préfenté pour dépofer, avec une dépofition par écrit, qui à
été juftement rejettée par le Juge.

Le fieur Maffon a exercé la charge de procureur du Roi de l'Hôtel de
Ville par Commiffion : elle eft fupprimée. Il eft le Marchand Epicier de
M^e. Tourton, & Beaufrere du fieur Abbé Martinot Sacriftain de la Paroiffe, intime Ami de l'Abbé Labory ; le fieur Maffon s'eft également préfenté avec une dépofition toute faite.

Ces dépofitions dreffées d'avance, prouvent le concert qui regnoit entre
les Témoins, & les Accufés. Ces faits font fi conftants qu'on n'ofera les
denier.

Le Lieutenant Général de Brie n'a pas trouvé
fans doute les faits affez graves, pour continuer le
Procès à l'extraordinaire, mais eu égard aux circonftances dans lefquelles cette nouvelle affaire
avoit pris naiffance, & à l'efpece d'émeute qu'il a
appris directement, qu'elle avoit caufé dans la Ville, il a cru vraifemblablement devoir arrêter les effets de la fédition, en renvoyant *purement & fimple-*
ment à l'Audience, pour en venir au premier jour, avec
les Gens du Roi, A L'EFFET D'ETRE STATUE SUR LE
RESULTAT DES PLAINTE, CHARGES, INFORMATIONS,
ET INTERROGATOIRES. La Sentence de renvoi eft du
12 Septembre dernier.

Depuis le 12 Septembre, jour du renvoi à l'Audience, jufqu'au 11 Septembre fuivant, les Parties
étoient reftées de part & d'autre dans l'inaction, fur
cette nouvelle affaire.

Le 11 Octobre intervint la Sentence définitive
contre le Curé. Cette fatisfaction jufte donnée à la
Famille Beguin, & l'exemple qu'on venoit de faire, avoit commencé à calmer les efprits; peut-être
la paix eut-elle toujours continué ; peut-être les
héritiers Beguin euffent-ils laiffé la pourfuite de la
feconde affaire, fi Me Tourton n'eût pris leur mo-
dération & leur filence, pour une fuite du Jugement, & un doute fur l'événement.

Le 7 Décembre fuivant, (c'eft-à-dire, deux
mois après la Sentence contre le Curé, & trois, après
celle du renvoi ;) Me Tourton s'avifa de donner
une Réquête, dans laquelle il prétendit, *que fon in-*

nocence réfultoit évidemment, tant des informations, que de fon interrogatoire, en conféquence il conclut, à être déchargé de la téméraire & calomnieufe accufation intentée contre lui, ET EN 6000 liv. DE DOMMAGES ET INTERETS.

Les héritiers Beguin fe virent donc forcés de fuivre le Jugement. En conféquence ils firent affigner les Accufés, & donnerent leur Requête, le 9 du même mois de Décembre. Dans cette Requête, à l'expofé des faits, étoient jointes quelques obfervations fur la nature de l'injure, & fur le genre de réparation qu'ils avoient droit d'attendre. L'Abbé Labory, & Me Tourton fe crurent choqués de quelques expreffions, ou de quelques phrafes qui s'y rencontrent, & imaginerent d'en rendre plainte. (On s'attachera fingulierement à juftifier cette Requête.)

Comme cette plainte étoit recriminatoire, & que la recrimination n'eft jamais admife, le Lieutenant Général de Brie, inftruit des régles, ne répondit, comme il le devoit faire leur Requête contenant plainte, que d'une Ordonnance de *foit jointe au procès, pour y avoir, en jugeant, tel égard que de raifon.*

L'Abbé Labory, & Me Tourton, n'ont point été fatisfaits de cette Ordonnance : ils fe font perfuadé, qu'on auroit dû leur donner *acte de leur plainte*, & ont déclaré par un fimple acte, qu'ils fe rendoient appellans de l'Ordonnance.

Mais ils ne fe preffoient plus de faire relever leur appel

appel en la Cour, parcèque leur but n'étoit que d'é-
luder; les héritiers Beguin furent obligés de les faire
anticiper sur cet appel, & ils concluent aujourd'hui,
à ce qu'ils y soient déclarés non-recevables.

Quant au sieur Beguin de Montmirel, frere du
défunt, il demande d'être reçu Partie intervenante,
& adhere à toutes les conclusions prises par ses autres parens.

Depuis ce tems l'Abbé Labory avec ses deux As-
sociés, les femmes Briquet & Merlin (on est pres-
que certain que ces deux femmes ignorent même
si elles plaident.) ont surpris en la Cour, sur un faux
exposé, un Arrêt de défenses, *qui les reçoit appellans des plainte, information, décret, & de toute
la procédure,* & demandent aujourd'hui l'évocation
du principal. Me Tourton demande d'être reçu Partie intervenante sur cet appel, & adhere aux conclusions prises par les trois autres Accusés.

Les héritiers Beguin les soutiennent tous non-recevables, ou mal-fondés dans leur appel, ou dans
leur intervention; & dans le cas où la Cour jugeroit
à propos d'évoquer le principal, & d'y faire droit,
en ce cas, (& subsidiairement seulement,) ils ont
pris, au fonds, les mêmes conclusions qu'ils avoient
prises au Baillage de Brie, & demandent une réparation authentique des imputations calomnieuses
faites à la mémoire de *Philbert Beguin.* Tel est l'état
actuel de la procédure.

C

MOYENS.

Fin de non-recevoir contre l'Appel de l'Ordonnance.

La recrimination est une accusation intentée postérieurement, & après coup, par l'accusé contre son accusateur, soit sur le même fait, soit sur un autre, pour affoiblir la sienne. *

* Cette définition est dans tous les Livres.

D'après tous les auteurs, & l'uniformité de la Jurisprudence, c'est une maxime invariable que la recrimination n'a pas lieu en France. On la regarde comme un piége que tend l'accusé, pour distraire les yeux des Juges, & on lui impose silence jusqu'à ce qu'il se soit purgé de la premiere accusation intentée contre lui. Il est même de régle, lorsque deux Parties ont rendu plainte en même tems, de décider d'abord, qui des deux demeurera accusé, ou accusateur, c'est-à-dire, sur qui tombera la recrimination. L'Abbé Labory & Me Tourton ne sont point dans ce cas : leur plainte est bien postérieure à celle des héritiers Beguin ; c'est donc une recrimination de leur part, qu'on ne devoit point admettre jusqu'à ce qu'ils fussent jugés. Le Lieutenant Général de Brie auroit donc pû même se dispenser de répondre leur Requête ; il l'a répondu d'un, *en jugeant* ; c'est une grace qu'il leur a faite : ils ont donc eu tort de s'en plaindre & d'en interjetter appel ; ils sont donc non-recevables dans cet appel, & l'Ordonnance doit être confirmée, si la Cour n'évoque pas le principal.

Fin de non-recevoir contre l'Appel de la procédure, &
l'intervention de Me Tourton.

Un accufé eft ordinairement traduit devant le
Juge des lieux où le délit s'eft commis ; ou bien,
(lorfque le délit eft léger,) devant le Juge de fon
domicile. Il n'y a que la récufation, ou la prife à
partie qui puiffe l'en diftraire, encore lorfqu'il y a
des défenfes de continuer l'inftruction. Le Lieutenant Général de Brie eft le Juge tout à la fois, &
du délit, & du domicile des accufés : ils ne l'ont ni
recufé, ni pris à partie ; ainfi point de doute qu'il a
valablement inftruit contre eux : les accufés d'ailleurs ne peuvent oppofer aucun vice dans la procédure.

Dans l'ufage, & dans certains cas, la Cour accorde quelquefois des défenfes, même contre les
Ordonnances ou Sentences préparatoires ; mais c'eft
lorfque les accufés qui, jufques-là n'ont pas été maî-
tres de fe choifir leur Juge, n'ont reconnu, ni fa
compétence, ni fa jurifdiction : pour lors ils demandent d'être reçus appellans, foit de l'Ordonnance portant permiffion d'informer, foit du décret
décerné contre eux.

Mais lorfqu'après la procédure inftruite, & l'interrogatoire fubi en vertu d'un décret d'affigné pour
être oui, il y a eu Sentence de renvoi à l'Audience,
& que les accufés *fe font défendus au fonds*, peuvent-
ils, avant le Jugement définitif, contre lequel pour

lors la voie d'appel leur eſt ouverte, ſe rendre appellans des Ordonnances ou Sentences préparatoires ? C'eſt ce qui paroît contraire aux régles. Auſſi
n'eſt-ce que ſur un faux expoſé, que l'Abbé Labory
a ſurpris à la Religion de la Cour, un Arrêt de défenſes.

Dans ſa Requête, il demande d'être reçu appel-
lant des plainte, information, décret, & de tout
ce qui l'a précédé ou ſuivi ; mais il ſe donne bien
de garde de parler de la Sentence de renvoi à l'Audience, & de ſes défenſes au fonds. Cependant dans
le fait, Me Tourton qui demande aujourd'hui à être
reçu Partie intervenante ſur cet appel, a, comme
on l'a vu, donné d'abord une Requête au fonds, le
7 Décembre, deux mois après le renvoi ; enſuite,
le 23 Janvier 1764, Me Tourton & l'Abbé Labory
ont donné chacun un grande Requête, où ils ſe dé-
fendent, & prennent des concluſions au fonds, ten-
dantes à être déchargés de l'accuſation : depuis, ils
ont encore défendu, par Requête du 25 Janvier, à
l'intervention du ſieur Beguin de Montmirel ; ils
ont donc abſolument reconnu la Juriſdiction : ils
ſont donc non-recevables, ou mal fondés aujour-
d'hui ; l'un, dans l'appel qu'il a interjetté de la procédure ; l'autre, dans ſon intervention ſur cet appel.
Ils devoient attendre le Jugement définitif, pour ſe
pourvoir par appel en la Cour ; ainſi ils doivent être
renvoyés devant le Lieutenant Général de Brie, ſi
la Cour ne juge pas à propos d'évoquer le principal.

Mais les héritiers Beguin n'ont établi leurs fins de non-recevoir contre les deux appels des sieurs Labory & Tourton, que pour faire voir l'irrégularité & l'inconféquence de leur conduite, même jufques dans la forme de procéder. Ils s'eftiment trop heureux d'avoir pour Juge le Tribunal fuprême ; & ils ne défirent rien tant, que de voir terminer irrévocablement une pourfuite, qu'ils fe font vûs dans la néceffité de faire malgré eux, & qu'ils ont entreprife plutôt par honneur & par devoir pour la mémoire d'un parent qu'ils honoroient, que par la plus légere envie de nuire. Ils ne demandent qu'une réparation proportionnée à l'injure, & la réhabilitatipn entiere de la mémoire du défunt qui a été calomnieufement flétrie, qui jamais n'auroit dû l'être, & dont la tache réjaillit jufques fur eux.

Quant aux dommages & intérêts pour réparation civile, ils en ont demandé dès le principe l'application aux pauvres. Malgré tous les faux frais qu'il leur en coute, malgré la médiocrité de leur fortune, ils font ce facrifice avec plaifir ; c'eft l'emploi le plus honorable qu'ils puiffent en faire, & le plus conforme aux fentimens de celui qu'ils veulent venger.

Comme les informations font leurs moyens, & qu'elles font encore fecrettes, ils n'entreront dans aucun détail à cet égard ; ils s'en rapportent entierement à ce qui fera expofé de la part d'un Magiftrat, qui réunit à l'exactitude & aux lumieres, l'intégrité la plus pure. Ils fe contenteront de faire une seule observation, sur une des imputations faites à Beguin dans les placets, imputation fausse, & qu'on a l'audace de soutenir aujourd'hui comme vraie, * sur le fondement unique de la restriction de trois témoins, entre vingt-neuf, dont la déposition suggerée a déja été présentée comme suspecte ; mais ils s'attacheront singulierement à justifier les phrases ou les expressions de leur Requête du 9 Décembre, qui paroissent avoir choqué les accusés.

* Page 8 & 9 du Mémoire.

Observation sur l'imputation faite à Beguin, d'avoir rompu le silence.

La loi du silence est faite sans doute pour tous les Citoyens du Royaume ; mais elle a eu singulierement en vue les Ecclésiastiques, les Pasteurs ou autres qui montent dans la Chaire de Vérité, & généralement tous ceux qui sont dans le cas d'enseigner ou d'instruire, auxquels, pour le bien de la paix, & celui même de la Religion, elle a interdit tout excès & tous sentimens outrés ; elle n'empêche pas pour cela les simples fideles de s'occuper entr'eux des vérités de leur Religion, de chercher à s'éclairer dans leur particulier, & de se faire resoudre même les doutes, qu'une conscience timorée peut leur inspirer : ce seroit mal interpréter cette loi, que d'imaginer qu'elle défend à des Chrétiens de s'édifier l'un l'autre, en s'entretenant des choses célestes.

Mais, disent ces trois témoins, (ou plutôt leur

fait-on dire :) c'eſt *des affaires du tems*, dont Beguin s'occupoit; ſi l'on demandoit à ces trois Marchands ce qu'ils entendent par *affaires du tems*, ils pourroient être fort embarraſſés de répondre: occupés de leur commerce & de leur intérêts, ils auroient ſouhaité que Beguin, en leur parlant, ne les eût entretenu que de ces objets frivoles: l'un d'eux même * lui donnoit, (à ce qu'il prétend,) le conſeil ſalutaire, *de s'occuper plutôt de ſon état, que de la Religion.* Chacun à cet égard ſuit ſon inclination & ſon goût: le témoin regardoit le bénéfice que l'on retire de ſon état, comme l'objet eſſentiel; Beguin au contraire, ſans ambition, & content de ſa médiocrité, enviſageoit un avenir plus réel: dès là il falloit qu'il fût *inſenſé.* Rien de ſi commun en effet chez les Mondains, où le plaiſir tour à tour & la cupidité dominent, que de s'accoutumer à traiter, *d'inſenſés,* tous ceux qui négligent leurs propres intérêts, ou des plaiſirs paſſagers, pour ne s'occuper que de leur ſalut. C'eſt ſans doute à ce titre, que Mᵉ Tourton, & l'Abbé Labory ont traité Beguin *d'inſenſé.*

En ſuppoſant encore, (ce dont on ne convient pas, & ſur quoi les accuſés ont beaucoup rabattu dans leur interrogatoire, en diſant que par l'expreſſion de *cent fois,* ils ont entendu dire, *pluſieurs fois,*) (*a*) en ſuppoſant même que Beguin ſe fût

* Le ſieur Jollivet.

(*a*) Comment concilier cette réponſe de Mᶜ Tourton, art. 2 de ſon interrogatoire, avec celle qu'il a faite, art. 7, *qu'il fréquentoit peu ledit Beguin, qu'il y a long-tems même qu'il ne l'a vû,* &c.
Comment la concilier avec celle de l'Abbé Labory, art. 7 de ſon interrogatoire, *qu'il ne connoiſſoit point particuliéremens ledit Beguin, qu'il ne le fréquentoit point, qu'il ne le voyoit que par rencontre,* &c.

occupé de ce qu'ils appellent , *affaires du tems*, étoit ce donc un motif pour lui refuser l'Extrême-Oction? Pouvoient-ils donc préfenter ce motif, comme une excufe valable en faveur du Curé ? Se perfuadoient-ils, que les Magiftrats la recevroient comme telle ? Ils avoient donc un autre but : celui d'outrager de nouveau la mémoire de Beguin, & d'indifpofer les efprits contre fa Famille. Paffons à la juftification de la Requête du 9 Décembre : c'eft le feul objet qui nous refte ; mais on prévient d'avance qu'on fera obligé d'établir quelques faits, qui entrent naturellement dans cette juftification.

Juftification de la Requête des Héritiers Beguin.

L'Abbé Labory & Me Tourton ont demandé acte au Baillage de Brie, de la plainte qu'ils entendoient rendre des prétendus *faits injurieux* qu'on leur imputoit, & *des épithetes offenfantes dont on les apoftrophoit*, dans la Requête du 9 Décembre. Comme cette plainte étoit recriminatoire, on n'a pû l'admettre ; c'eft ce qui fait l'objet de leur premier appel. Voyons en analyfant cette Requête, quels font donc, & ces *faits injurieux*, & ces *épithetes?*

» Après avoir exalté, dit-on, la vie édifiante du » fieur Beguin, les Intimés s'écrient : *Voilà l'homme à qui l'on a refufé l'Extrême-Oction, tandis que l'on a accordé dans cette Paroiffe, il y a quelque tems, le plus grand de tous les Sacremens, celui de l'Euchariftie, à des*
libertins

libertins surpris dans le moment même du crime. » Ainſi, » pourſuit-on, les Intimés ſe mêlent donc de péné- » trer le ſecret des conſciences, & de condamner à » la fois le Pénitent, & le Miniſtre des Autels ; ils » oſent imputer à l'un le plus coupable des ſacrile- » ges, & accuſer l'autre d'avoir prophané nos Di- » vins Myſteres. *Il eſt vrai qu'ils ne nomment* ni ceux » qu'ils jugent avoir été ſi indignes de recevoir les » Sacremens, ni celui qui les leur a adminiſtrés. *Mais* » *étoit-il quelqu'un dans la Ville qui pût ignorer ce qu'ils* » *indiquoient ſi clairement ?* Et puiſque la Requête » étoit contre le ſieur Labory, *n'étoit-il pas tout na-* » *turel de concevoir, que c'étoit de lui qu'on entendoit* » *parler ? &c.*

D'abord à examiner, en elle-même, la phraſe dont ſe plaint l'Abbé Labory, il eſt certain qu'elle ne lui impute rien ; le reproche paroîtroit tomber plutôt ſur le Curé qui a fait le refus à Beguin, que ſur lui : cependant il lui plaît de croire, que *c'eſt lui qu'on indique, & dont on entend parler*, quoiqu'il avoue, *qu'on ne nomme perſonne*. Il exiſte donc un fait, *& à ſa connoiſſance & à celle de toute la Ville*, qui reſſemble en quelque choſe à ce qu'on a voulu dire, *mais qu'on n'a point dit*. L'Abbé Labory, au lieu de ſe plaindre des héritiers Beguin, devroit donc leur ſavoir gré de leur diſcrétion & de leur ménagement ; mais pour lui ôter toute inquiétude, & en même-tems tout ſoupçon ſur la maniere dont penſent à cet égard les héritiers Beguin, ils vont rendre compte de ce fait, tel qu'il eſt, quoiqu'é-

D

tranger à la caufe : fi c'eft un crime, c'eft celui de
la néceffité & de la vérité.

Quelque tems avant le refus de Sacremens fait
à Beguin, plufieurs Particuliers de Brie, (gens du
Marché), étoient allés à une demie lieue de-là, au
village de Grégy. Après avoir paffé la journée au
Cabaret, il prirent querelle avec des Suiffes, lors
méffiers & gardiens du territoire de Brie. Le vin
de part & d'autre, animoit la rixe ; il paroît cependant, qu'on n'en vint pas aux mains dans l'en-
droit : mais le foir, fur le grand chemin qui conduit de Grégy à Brie, ces mêmes Particuliers, ou
avoient attendu, ou firent par hazard rencontre
des Suiffes ; c'eft pour lors, que des propos, on en
vint aux effets. Malheureufement ces Particuliers ne
furent pas les plus forts ; l'un d'eux fut dangereufe-
ment bleffé par les Suiffes, & tranfporté fur-le-champ
à Gregy. Le Chirurgien l'ayant trouvé en danger,
on envoya chercher l'Abbé Labory, qui s'y tranf-
porta dans le moment, quoiqu'il fût déja très tard.
(Son zéle à cet égard, ne mérite que des éloges.)
Après avoir entendu le malade, & s'être affuré de
fon repentir, l'Abbé Labory fit demander les Sacremens au Curé de Grégy.

Le Curé qui étoit couché pour lors, (il étoit
environ minuit), informé de ce qui s'étoit paffé,
héfitoit à les porter, & inclinoit fortement pour attendre jufqu'au matin ; mais fur les nouvelles inftances de l'Abbé Labory, & fur la certitude qu'il
lui donna des bonnes difpofitions du malade, le

Curé se détermina à l'administrer. (Cet homme avoit trente ans, & participoit pour la premiere fois au Sacrement de l'Euchariftie). Tel eft ce fait dans la plus fcrupuleufe exactitude.

A Dieu ne plaife, que les héritiers Beguin *veuillent*, comme on les en accufe, *pénétrer le fecret des confciences*, *& condamner à la fois*, *& le Pénitent & le Miniftre !* ils font bien éloignés d'avoir de femblables penfées ; ils déclarent au contraire très expreffément, qu'ils font intimement perfuadés, que le repentir a été des plus finceres dans le Pénitent ; que le Miniftre qui l'a entendu, en a été bien convaincu ; & qu'ils font incapables, l'un, *du plus coupable des facrileges*, *l'autre d'avoir prophané nos divins Myfteres.* » L'Esprit Divin souffle, ou il veut ». (Pour fe fervir des expreffions de Monfieur l'Avocat Général) ; il fouffle auffi, quand il veut : un inftant de retour fur lui-même, fuffit quelquefois au pécheur, pour le remettre en grace avec Dieu, dont la miféricorde infinie n'a point de momens limités pour le pardon ; & il y aura plus de joie dans le Ciel, pour le retour de ce pécheur, que pour les juftes qui n'ont pas befoin de pénitence. *Dico vobis, quod ita gaudium erit in Cœlo fuper uno peccatore pœnitentiam agente, quam fuper nonaginta novem juftis, qui non indigent pœnitentia.*

Mais le public qui ne juge que fur les apparences, (il eft vrai, fouvent trompeufes), ne peut-il, fans offenfer l'Abbé Labory, ni fon pénitent, paroître douter de la fincérité de ce retour ? ne peut-

il pas, fans crime, trouver au moins extraordinaire,
qu'on refufe le Sacrement de l'Extrême-Onction, à
celui qui a toujours bien vécu, & qu'on accorde
celui de l'Euchariftie, à celui qui vit bien depuis
un moment? Cette comparaifon, cette idée qui
vient s'offrir à la penfée de tout homme qui rai-
fonne, étoit-elle donc interdite aux héritiers Beguin, qui avoient eu la douleur de voir mourir leur
parent fans Sacremens? celui qui les défendoit à
Brie, & qui a eu la difcrétion *de ne nommer perfonne,*
n'a-t-il donc pû, n'a-t-il pas dû même, préfenter cette
réfléxion toute naturelle, furtout dans une requête,
qui ne devoit être vûe que par les Accufés, & par
le Juge? Où eft donc l'offenfe & l'injure préten-
due? On ofe dire qu'elle eft chimérique, & qu'elle
n'exifte que dans l'imagination de l'Abbé Labory,
qui vouloit par-là, s'il étoit poffible, détourner les
yeux du Juge, de l'accufation principale.

Le fecond trait dont fe plaint l'Abbé Labory,
c'eft de ce qu'après avoir dit, *qu'il étoit en quelque*
forte moins coupable que M.e Tourton, on ajoute: qu'en
qualité de neveu du Curé, il avoit un motif pour excufer
celui à qui il tenoit par le fang; que d'ailleurs aveuglé
par le fanatifme comme lui, il fuivoit indifcrétement les
mauvais exemples qu'il avoit fous les yeux. » Un Fa-
» natique, (dit-on), eft un Vifionnaire, qui s'i-
» magine avoir des révélations; c'eft un Séditieux
» capable de caufer des troubles, &c...

Il eft vrai que le terme de *Fanatique* emporte cette
fignification, parcequ'il ne fe prend jamais qu'au

figuré & en mauvaife part ; (dans fon véritable fens,
un Fanatique eft un homme qui fréquente les Tem-
ples) ; mais ce n'eft pas là la feule interprétation
qui lui convienne : non-feulement le terme de Fanatique exprime un vifionnaire , mais il veut dire
auffi un homme infpiré de fureur divine, un enthou-
fiafte , en un mot, un homme outré dans fon parti,
ou dans fes fentimens. On fe fert tous les jours de
ce terme , comme d'un fynonime avec celui de
Schifmatique , quoiqu'un Schifmatique n'exprime
autre chofe qu'un homme divifé & féparé de l'Eglife. Le refus de Sacremens s'appelle un *acte de fchifme* , parceque ce refus tend à féparer quelqu'un de
l'Eglife : mais celui qui refufe, s'appelle indifférem-
ment *Schifmatique* ou *Fanatique* , parceque c'eft l'ef-
prit de parti outré, c'eft l'enthoufiafme, pour ainfi
dire , qui le porte à commettre cet acte de fchifme.
La Cour elle-même n'emprunte jamais d'autre terme contre tous ceux qui cabalent , en fait de Religion , & qui cherchent à faire de l'éclat.

Cela pofé , cette qualification de Fanatique , qui
convenoit , fans contredit au Curé de Brie , pou-
voit-elle s'étendre auffi jufques fur fon neveu, c'eft
ce qu'il eft facile de démontrer. L'Abbé Labory a
été , pour ainfi dire , élevé par fon oncle , il a par
conféquent adopté toutes fes maximes. Il n'eft venu
à Brie en qualité de Prêtre habitué , que depuis que
fon oncle en étoit Curé, il demeuroit & mangeoit
avec lui , & avoit , dans toutes les occafions , fait
paroître une uniformité de fentimens & de doctri-

ne ; par conféquent s'il eut été feul à Brie dans le
tems de la maladie de Beguin, on doit préfumer
qu'il eût fait comme fon oncle, & qu'il eût auffi refufé les Sacremens.

* Page 5. Mais il y a plus. L'Abbé Labory a la hardieffe de
dire dans fon Mémoire *, que, » quoique neveu du
» Curé, le refus de Sacremens lui eft étranger ; qu'il
» n'étoit pas à Brie lorfque Beguin eft mort ; qu'ainfi
» on ne peut rien lui imputer de ce qui s'eft paffé à
» ce fujet ; qu'il n'y a aucune part, & qu'il faut met-
» tre cette affaire à l'écart.

Eft-il bien poffible qu'un Prêtre, fous les yeux de
la Juftice, vienne tenir ce langage avec autant d'af-
furance, tandis qu'il eft publiquement notoire à
Brie, que l'Abbé Labory n'a point ignoré la maladie de Beguin ; que s'il s'eft abfenté, c'eft pour venir en rendre compte à l'Archevêché ; & que c'eft
lui-même qui a été le porteur d'un prétendu ordre
par écrit du Prélat, pour refufer les Sacremens ! On
ne croit pas que les Accufés ofent nier ce fait. Me
Tourton lui-même a dit à plufieurs perfonnes avoir
vu cet ordre ; & dans la naiffance du procès, on s'en
fervoit vis-à-vis du Public, comme d'un motif de
juftification de la conduite du Curé.

On a peine à fe perfuader que ce Prélat refpecta-
ble fe foit en effet déterminé à donner cet ordre ;
en tout cas, ce feroit une furprife faite à fa religion,
d'après la délation feule de l'Abbé Labory. Le malheureux Beguin étoit certainement ignoré de lui,
l'inftant de fa maladie ne l'étoit pas moins. Il n'a

donc pu l'apprendre que par la voie de l'Abbé Labory ; & si cet ordre existe, s'il est vrai que le Prélat
l'ait donné, ce n'est que parceque l'Abbé Labory
lui en a imposé, soit de vive voix, soit comme porteur d'une lettre de son oncle.

Ainsi, que l'Abbé Labory s'estime donc heureux
de ce qu'il n'y a point eu d'addition d'informations ; de ce qu'il ne s'est pas trouvé impliqué dans
l'affaire de son oncle ; mais qu'il ne profite pas de
son impunité, pour venir en imposer encore à la
Justice, & pour imputer de nouveaux torts à une
malheureuse famille, qui n'a usé envers lui que de
trop de ménagemens ! C'est même avec le plus grand
regret, que les héritiers Beguin ont dévoilé ces
faits, qu'ils auroient voulu ensevelir dans l'oubli le
plus profond ; mais que l'Abbé Labory ne l'impute
qu'à lui ; c'est lui qui les y force.

Quant à M. Tourton, il se plaint au hazard de
quelques traits qu'il prend pour lui. On l'accuse,
(selon lui) * » d'avoir armé le fils contre le pere,
» & de vouloir faire autant de bourreaux que de
» concitoyens, &c. «

*Dans sa requête au Baillage de Brie.

A cet égard, il ne faut pour justification que la
simple lecture de la requête, que M. l'Avocat-Général prendra sûrement la peine de faire à la Cour.
On y verra que dans la deuxieme observation, on
a établi quelques maximes qui ne sont malheureu-
sement que trop vraies, sur les dangers d'émouvoir
le peuple, sous le faux prétexte de la religion. Il ne
faut en effet qu'ouvrir nos histoires pour s'en con-

vaincre : mais on est bien éloigné de rien imputer de semblable à M Tourton. On rend justice à son cœur ; on n'accuse que sa trop coupable facilité : & si l'on a fait ces observations générales, ce n'étoit que pour faire connoître jusqu'où peuvent aller toutes les conséquences de son imprudence, conséquences qu'il n'avoit assurément ni senti, ni prévu lui-même.

Voilà donc où se réduisent tous ces *faits injurieux*, toutes ces *épithetes offensantes* dont se plaignent les Appellans. A bien examiner cette requête, il est facile de voir qu'on n'a rien dit de trop ; rien qu'on ne pût, & même qu'on ne dût dire : il eût peut-être été possible de se servir d'expressions moins fortes, mais la vérité ne sauroit être peinte avec des couleurs trop vives. Ainsi tombent d'elles-mêmes toutes les imputations des Appellans ; ainsi s'évanouissent tous leurs reproches : mais il reste toujours à venger la mémoire d'un citoyen vertueux & sensé, d'un fidele Catholique dont la raison & la religion sont également attaquées.

Signé DUCREUX, pour tous ses cohéritiers.

Monsieur LE PELLETIER DE SAINT-FARGEAU,
Avocat-Général.

M HUET DE PAISY, Avocat.

OYON, Proc.

De l'Imprimerie de DIDOT, rue Pavée, à la Bible d'or, 1764.